GÜNTHER KOSICK
EINER VON VIERZEHN

ERSTER BAND

EIN MANN EIN WORT • EIN MANN EINE GESCHICHTE • EIN MANN VON VIERZEHN

EINER VON VIERZEHN

Günther Kosick

- ESTABLISHED 1965 -

Das nenne ich mal ... eine „richtige Familie“ (auch, wenn natürlich nie alle da waren)

Die tägliche Kosick-Wäscheleine

Inhalt

Roland, Rupert, Monika, Bernd, Roswitha, Helga, Walter, Siegfried, Alfred, Günther, Christine, Erhard, Reinhard und Jürgen

Oben am Treppenpfosten saß ich und hörte sie streiten. Unsere Eltern, wie immer ging es ums Geld. Es reichte oft nicht. Nicht vorne, nicht hinten, nicht in der Mitte und dazwischen. Unsere Mitte war Walter, vorne Roland, ganz hinten Jürgen. Ich, die Nummer zehn, schrie nach meiner Hausgeburt am 4. Juli 1965 das erste Mal in den Himmel über Ellgau. „Heute male ich dein Bild, Cindy Lou", sang Drafi Deutscher im Radio und meine neun Vorgänger waren wieder einer mehr. Nach mir kamen dann noch vier. Christine und Erhard und Reinhard und Jürgen. Dann war Schluss. Wahrlich, meine Eltern liebten das Leben, feierten es mit vierzehn Kindern. Zwei Handballmannschaften sind das, ein kleines Turnier, Spaß und Abenteuer. Doch auch der Kreuzweg führt traditionell über vierzehn Stationen. Keine leichte Strecke. Auszuhalten galt es einiges als einer von vierzehn. Denn Heilige waren wir keine. Nicht die katholischen „Vierzehn Nothelfer", denen die Wallfahrtskirche „Vierzehnheiligen" in Oberfranken gewidmet ist. In eben diese Gegend flohen meine Großeltern 1939 mit meiner Mutter aus Rumänien. Zauberhaft merkwürdig all das, sicher ein Zufall. Oben und gelehnt an meinen Treppenpfosten fasste ich vor lauter Gezanke sowieso keinen klaren Gedanken. Hörte, wie knapp die Kasse war, während der Elternstreit unten langsam verebbte. Die Luft war raus, Kraft wurde für anderes gebraucht. „Etwas zum Fressen kriegen wir immer auf den Tisch", jagte meine Mutter alle Zukunftsängste aus dem Haus. Für eine Kartoffelsuppe reiche es allemal, machte sie sich ans Werk und rückte gewaltige Töpfe auf den Herd. Kroch später ebenso todmüde ins

Bett wie ihr zehntes Kind, das sich zum Einschlafen die Bettdecke über die Ohren gezogen hatte. Sorgen indes, die Ehe meiner Eltern würde unter der Last von vierzehn Kindern einbrechen, machte ich mir nie. Alles Gezeter war eingebettet in ihre Liebe, felsenfest hielten Lucia und Harry zusammen. Unfassbar – Jahrzehnte später, zur Goldenen Hochzeit, ließen sie sich wie frisch Verliebte in der offenen Königskutsche durchs Dorf schaukeln. Noch heute sehe ich meinen Vater feierlich seine Arme zum Gruß erheben, stolz und an sich gedrückt unsere Mutter. Welch Jubelschrei mit einem Schweif von vierzehn Kindern.

Die Generalin

„Ist Mama schon da?“
Wie oft hörte ich solch Flüstern an unserer Haustür.
„Nein.“ Ein Aufatmen. Denn Mutter war es, die uns rundmachte, das harte Regiment führte. Papa hatte einen anderen Part. Als sanfter Teil der Eltern verbarg er ganze Ameisenhaufen unserer Vergehen vor Lucia, hütete diese Geheimnisse und beschwor den Bund, den wir mit ihm geschlossen hatten. Papa hielt fest zu uns. Brannte unsere Generalin allerdings vor Wut, konnte auch er seine Frau und ihre durch die Luft rauschenden Handflächen nicht mehr stoppen. Beim Heimkommen eines Sünders schoss unsere Mutter dann als Furie aus den gewaltigen Wäschebergen, in denen sie ständig herumkletterte, und nahm sich diesen zur Brust. Anschließend stapfte sie erneut in die Wäsche, entzerrte den gewaltigen Haufen zu mehreren, immer noch stattlichen kleineren und stopfte sie nacheinander in die Maschine. Wie nur hielt sie ihn aus? Den Anblick der endlos rotierenden Trommel mit den Dreckschlieren ihrer vierzehn Kinder darin, während sich hinter

ihrem Rücken der nächste Wäscheberg auftürmte. Die ewige Wiederkehr des Gleichen. Beim Philosophen Friedrich Nietzsche ist das ein zentraler Gedanke und ein solches zyklisches Zeitverständnis die Grundlage höchster Lebensbejahung.
Für Lucia muss es ebenso gewesen sein. Sonst wäre sie verrückt geworden unter unserem niemals eingeklappten Wäscheständer, dort, vor unserem kleinen Haus im Dorf Ellgau mit einem Wohnzimmer, dem Bad, der Küche und dem Elternschlafzimmer im Erdgeschoss. Schaute sie hinauf, waren dort die drei, mit jeweils vier Betten ausgestatteten Kinderzimmer. Und eine Kammer gab es, auch dort war noch einer drin. Kurz nachgerechnet:
Drei Zimmer mit vier Kindern plus Kammerbett machte ...
... dreizehn. Einer fehlte. Die „Nummer 1“ wohnte während des Großteils meiner Kindheit bereits beim Metzger. Er war raus, machte eine Ausbildung. Manche wohnten damals in ihren Lehrstellen. Auch bei Roland war es so, er lebte nun zwischen Wurst und Schinken.
Dreizehn Hausgeburten waren wir, nur die „Nummer 14“ erblickte im Krankenhaus das Licht der Welt. Dort machte man dann auch gleich Schluss mit Mutters Geburtendrang und sterilisierte sie auf eigenen Wunsch.
Neun saugten bei meiner Geburt bereits Energie und Finanzspritzen aus unseren Eltern. Da finde man als Neuling erstmal sein Standing. Durchbeißen vom ersten Schnullerzucken war die Devise, die ich verinnerlichte und als Schatz durch mein weiteres Leben trug. Erst waren es neun, später dreizehn Nebenbuhler, die zumeist wollten, was man selbst begehrte. Also Feuer frei, drängeln, schlau argumentieren und Fäuste hoch. Beim Essen war es noch einfach, weil unsere Mutter derart viel an dampfenden Speisen auf den Tisch wuchtete, dass alle friedlich kauen

konnten. Anders wurde es, wenn wir Lucia das Badewasser einlaufen lassen hörten.
Erst kamen die Großen an die Reihe, anschließend wurden, in der Reihenfolge unseres Alters, wir Kleineren meist zu viert in die Wanne gezwängt. Zwei Mal wurde das Wasser gewechselt. Alles andere wäre untragbar und sinnloseste Verschwendung gewesen, befand Mutter und drängelte uns nackte Bande ins schummrige Nass. Um sogleich zu begreifen, dass es beschissen ist, als Kleiner gemeinsam mit drei anderen in der Brühe zu hocken, hätte es der ewigen Sprüche meiner Geschwister gar nicht bedurft. „Ey, Günscheck, viel Spaß in der Wanne. Ich hab' da voll reingepieselt." *...Fortsetzung im Buch...*

„Nicht nur raussaugen"

„Mach mal deine Bewerbung fertig, dann geh'n wir da rüber."
Neun Mal hatte meine Mutter diesen Satz bereits gesagt, bevor sie ihn im Jahr 1980 an mich richtete.
„Günther, du kennst ja Malermeister E. Ist gleich hier um die Ecke, praktisch und gut. Das wird schon passen."
Nichts würde passen. Ich spürte das genau. Hatte den besagten Malermeister einst beim Verlegen eines Teppichs in unserem Haus beobachtet. Wie er sich bewegte, was er sagte und auch sein Aussehen, nichts davon hatte mir gefallen. Harmonie und gute Zusammenarbeit würden da sicher nicht aufkommen.
„Zu dem will ich nicht", pinselte ich einen dicken Strich durch Mutters Plan, ließ sie zornig und ungläubigen Blickes in der Küche stehen, trottete zur Telefonzelle an der Hauptstraße und platzierte einen Stapel Zehnpfennigstücke oben auf dem Telefonkasten. „Und los", überwand ich mich, ließ zwei Münzen durch

EINER VON V

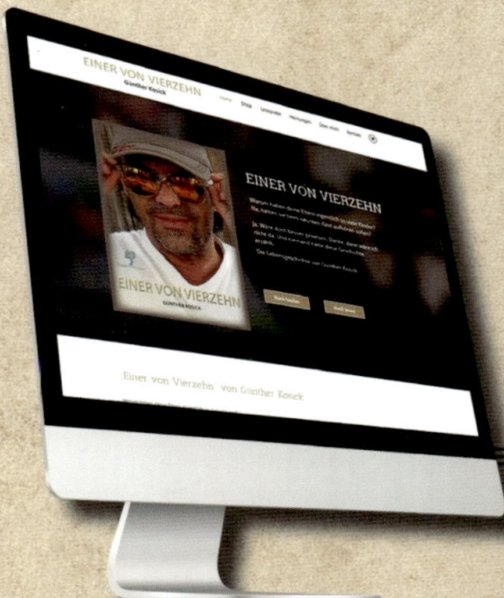

Onlineshop

Alles aus erster Hand

Ob Lesermeinungen, Leseproben oder Angebote, auf dem vielfältigen Onlineshop von EINER VON VIERZEHN sind Sie immer an der richtigen Adresse. Lassen Sie sich keine Rabattaktionen mehr entgehen.

YouTube
Jetzt anschauen!

Social-Media

Neuigkeiten

Erfahren Sie immer das Neuste rund um den Autor Günther Kosick und seine Marke EINER VON VIERZEHN.
Ob Events, Interviews und Charity Veranstaltungen oder den Fortschritt neuester Werke und Projekte, auf den Social-Media-Kanälen werden Sie immer über den aktuellsten Stand informiert.

Besuchen Sie uns:

ERZEHN

Jetzt online entdecken

EIN MANN EIN WORT · EIN MANN EINE GESCHICHTE · EIN MANN VON VIERZEHN

EINER VON VIERZEHN

Günther Kosick

ESTABLISHED 1965

Buch

In digital und print

Das Werk EINER VON VIERZEHN von Günther Kosick, ist in verschiedenen eBook-Formaten und als gebundenes Buch erhältlich. Buchläden und Onlineplattformen bieten die verschiedenen Varianten an.

Das Buch EINER VON VIERZEHN liest sich angenehm kurzweilig und lässt das Genre - Biografie in einem ganz neuen Licht erscheinen.

15% Rabatt

SPEZIAL ANGEBOT

...das Buch EINER VON VIERZEHN erzählt über die Hürden und Erfolge im Leben des Günther Kosick.
Als Kind eine schlecht prognostizierte Zukunft, ungenügende Noten und als eines von vierzehn Kindern in ärmlichen Verhältnissen aufgewachsen, wurde aus Günther Kosick entgegen aller Erwartungen ein gern gesehener Geschäftsmann als Maler- und Lackierermeister.

EV14!15%

*Das Angebot ist nur im Onlineshop unter shop.einervonvierzehn.com gültig. Den Rabatt-code im Gutscheinfeld während des Bestellvorgangs eingeben und anschließend auf -Gutschein anwenden- klicken. Der Rabatt wird automatisch von der Kaufsumme abgezogen.

EINER VON VIERZEHN
Dieselstraße 16a
86695 Nordendorf
Deutschland

Tel.: 08273 / 91 666
Fax: 08273 / 91 660
info@einervonvierzehn.com
www.einervonvierzehn.com

Online-Shop
shop.einervonvierzehn.com
Kundenservice
sales@einervonvierzehn.com

den Schlitz ins geheimnisvolle Innere des Kastens rutschen und wählte die zuvor notierte Telefonnummer des Malermeisters Mann.

Der Betrieb war sieben Kilometer entfernt, das aber war mir egal. Ich wollte zu „Mann“ und dort läutete es jetzt.

Tuuuuuuuut. Tuuuuuuuut. Tuuuuuuuut.

Dann „klack“ und eine Männerstimme.

„Malermeister Mann.“

„Grüß Gott, Herr Mann“, klang meine Stimme noch etwas mickrig. „Hier ist Kosick, Günther.“

„Ja?“, hakte „Mann“ sogleich nach und ich kam zur Sache.

„Sie haben ja einen Malerbetrieb und da würde ich mich gerne vorstellen.“

„Bua, Bua“, sagte er, „i hab schon zwoia, die wo sich vorstellen und eigentlich will i nur zwoia. Du wärst der Dritte.“

Wie eine Abreibung durchfuhr mich die Enttäuschung. Gleich hätte ich das Telefonat beenden können, aufgeben, aber ich riss mich zusammen und biss mich mit Argumenten durch. „Aber Herr Mann, bei dreien ist doch die Auswahl größer. Darf ich mich nicht trotzdem vorstellen? Es kostet Sie ja nix.“ Das gefiel ihm. Er konnte nur gewinnen und willigte ein. Schließlich saß ich Herrn Mann an einem Samstagnachmittag gegenüber. Gleich war er mir sympathisch, wollte einiges über mich wissen, über die Schule, was ich so tat und wann mein Geburtstag sei.

„Der 4. Juli“, antwortete ich und verspürte ein kurzes Innehalten bei meinem Gegenüber.

„Ja, Günther“, redete Herr Mann schließlich vorsichtig um den Brei herum, „die anderen haben sich ja schon länger beworben und ich muss wohl denen die Lehrstelle ...“

„Mist“, begann mein Denken Kapriolen zu schlagen und spuckte eine gute Idee aus. *...Fortsetzung im Buch...*

Mein Windhund

Es war einige Jahre vor meinem Ausscheiden aus der Firma Rauch, eben stand ich vor dem Abschluss meiner Meisterprüfung, nippte am Kaffee. Pause. Wir Meisterschüler standen ge meinsam in einem Café, quatschten in den Tag hinein. Da waren sie plötzlich. Zwei blaue Augen. Sie schauten mich an. Beinahe riss es mich vom Tisch.

„Is‘ was?“, bemerkte mein Nebenmann meinen plötzlichen Schwindelanfall. „Bisserl stark was, der Kaffee?“

Eine Antwort bekam ich nicht heraus. Erhaschte noch einmal diese blauen Augen, unsere Blicke verfingen sich, mehrere Feuerwerke erleuchteten die Himmel unserer Leben, alle Blumen blühten gleichzeitig, Funken flogen, mein Dasein machte einen Hopser und ich wusste, was zu tun war. Umgehend versuchte ich ihren Blick ein weiteres Mal einzufangen. Auch sie musste die Explosionen gespürt haben, sah schnell weg, eilte an einen anderen Tisch und schließlich aus meinem Sichtfeld. Verdammt. Verwirrt sah ich mich um, reckte den Hals, fand sie nicht mehr. Suchte ihre Spur und den Anblick ihrer Haare, ihres Gesichtes, ihres Körpers und der göttlichen blauen Augen zu erhaschen.

„Komm, Günscheck, Träume ausschalten. Die Pause ist rum“, versuchte ein Kollege mich erfolglos zu erden. Ich nahm den letzten Schluck Kaffee und geisterte irgendwie zur Spüle, um meine Tasse abzugeben. Ungeschickt polterte ich diese hinein, schreckte kurz auf und fand mich von einem Zauber umgeben. Geschwind drehte ich mich um und sah sie erneut. Eben lief das Wunderwesen mit einem Tablett an mir vorbei, sagte schüchtern und scheu nicht mehr als ein leises Wort.

„Hallo.“

Ich sagte gar nichts. Starrte sie an. Sah die junge Frau am ande-

ren Ende des Lokals verschwinden und spürte eine brennende Erkenntnis in meinem Körper: „Das ist sie!"
„GüNNscheck", schüttelte mich jemand unsanft in meine Meisterschulung zurück. „Bist du auf dem Mars?"
„Venus", stotterte ich nur, wir büffelten wieder unseren Meisterstoff, wobei ich an nichts anderes dachte als die morgige Kaffeepause im Café gegenüber. Sie kam, mit pochendem Herzen machte ich mich auf den Weg, trat ins Lokal, schaute mich um, bestellte bei einer mir fremden Person einen Kaffee, nippte, wartete, schaute nervös. Sie war nicht da. Die Welt war eine trostlose Wüste und ich mittendrin.
„Wo ist denn ...", trat ich nach einer Weile in Aktion und wandte mich an die recht abgebrüht wirkende Dame hinter der Theke, „... das Mädel mit den stechend blauen Augen und den braun-blonden Haaren?"
„Die Frau Merkel?", hörte ich nur.
„Ich weiß nicht, wie sie heißt. Sie war gestern da."
„Nein", sagte die Dame hinter der Theke Schlimmes. „Die kommt nicht mehr."
„Wie nicht mehr?", bekam ich beinahe einen Herzinfarkt.
„War nur Springerin", warf die Frau mir eine Antwort zu, drehte sich weg und goss Kaffee in eine Tasse.
„Springerin?", fragte ich in das einsetzende Gurgeln der Kaffeemaschine.
„Hat nur ausgeholfen", vernahm ich ihre knappe Antwort. Eine Plaudertasche war die Lady nicht gerade. Mal schauen, was ich aus ihr rausbekäme.
„Kann ich die Telefonnummer von Frau Merkel haben?", wählte ich den direkten Weg.
„Bitte?", fragte sie nach.
„Die Telefonnummer, kann ich die haben?", versuchte ich es er-

neut.
„Geht nicht“, kanzelte die Frau mich ab. „Datenschutz.“
„Datenschutz?“
„Ja“, sagte sie maximal kurz.
„Aber ich muss mit ihr telefonieren“, drängelte ich, „verstehen Sie das nicht?“
Sie verstand es sicher, wiederholte aber lediglich das eine Wort.
„Datenschutz.“ *...Fortsetzung im Buch...*

Fight for your right!

„Herr Kosick, wie schaut's aus? Sind Sie zu einer Einigung bereit?“, träumte der Richter nach bald einem Jahr weiterhin von einer solchen. Also weckte ich ihn mit einem freundlichen „Nein“ aus diesen Träumereien, spürte sogleich eine Abneigung gegen mich widerwilligen Günscheck in ihm aufsteigen und hörte den Richter seine Stimme erheben.
„Aber es sind doch Mängel da!“
„Ich will alles“, betonte ich nun doppelt angefressen, da er mich bei meiner Handwerkerehre gepackt hatte. „Mängel“, brodelte die Galle in mir. Wenn ich das schon hörte. Offenbar meinte jeder, fortwährend imaginierte Mängel in die Welt setzen, dann klagen und die Hälfte der Kosten sparen zu können. Mein Haus war ohne Schandflecke übergeben worden, dafür hatte ich schon gesorgt.
„Ich will“, sagte ich, „was mir zusteht.“ Clint Eastwood hätte das nicht härter sagen können. In mir indes flatterte es gewaltig.„Bestellen wir also eine Gutachterin“, verkündete der Richter, die Verhandlung wurde verschoben und eine Dame, die von Farbenlehre ähnlich viel Ahnung hatte wie eine Kuh vom Stab-

hochsprung, schlenderte alsbald mit ihrer Mängelliste durchs Haus. Die nächste Verhandlung kam und sie posaunte eine Summe in den Gerichtssaal: „etwa 5.500, - Euro."
„Aha", wirkte der Richter zufrieden. „Herr Kosick, also doch Mängel." Ein Revolver ging mir in der Tasche los. Beinahe verzweifelte ich, während die Gutachterin die vorgefundenen Mängel erläuterte. Das mediterrane Wolkenbild an der Fassade sei ungleichmäßig, beschwor sie, außerdem gebe es hier und dort einige Flecken an den Wänden. Ich hätte schreien können. Sicher aber wäre die Farbe von den Wänden des Gerichtssaales geplatzt und sie hätten meinem zuständigen Kollegen auch gleich Mängel untergejubelt. Also ließ ich es bleiben und kombinierte mit anschwellendem Zorn: Seit mehr als zwanzig Monaten wohnte der Käufer in dem Haus. Wir stritten über sechzig Riesen und die Gutachterin pustete das mediterrane Wolkenbild nebst anderen vermeintlichen Mängeln mit aller Macht auf mickrige 5.500,- Euro auf.
„Ein Wolkenbild ist ein Wolkenbild", dichtete ich beinahe in den Gerichtssaal, „weil es ungleichmäßig aussieht wie die Wolken am Himmel. Wäre es das nicht, wäre es kein Wolkenbild."
Meine Lyrik in Gottes Ohr, im Saal allerdings reagierte niemand darauf und der Richter bedankte sich freundlich bei der sich nun setzenden Gutachterin.
„Wir müssen den Richter loswerden", flüsterte ich in Richtung meines Anwalts. Der aber schüttelte nur den Kopf und antwortete leise. „Wir werden ihn nicht los." Gleich wandte ich mich wieder dem Hohen Gericht zu und sprach nun die Gutachterin an.
„Sehr geehrte Frau Gutachterin", sagte ich höflich, „ich habe eine Frage." Etwas krampfhaft sah sie mich an, während der Richter die Frage zuließ. „Können Sie mit hundertprozentiger Gewissheit sagen, dass die angeblichen Mängel zum Zeitpunkt der Übergabe

des Hauses bereits vorhanden waren?“ *...Fortsetzung im Buch...*

Enterbt

Jedes Kind, so sagen Binsenweisheiten oder Finanzexperten, kostet ein Einfamilienhaus. Ein ganzes Dorf hätten meine Eltern demnach in die Welt stellen und vermieten können. „Kosickhausen“, allerdings ohne uns vierzehn Kosicks. Wie öde. Harry und Lucia aber wollten Gesellschaft, sonnten sich glücklich im Kreise von vierzehn Kindern, 35 Enkeln und einer wachsenden Zahl an Urenkeln. Was die an Steuern reinbringen, mache sich einer mal deutlich. Als Gegenwert für ihre gewaltige Lebensleistung speist der Staat meine Mutter heute mit etwa 650, - Euro Rente im Monat ab. Wegen der vierzehn Häuser, die ihr eigentlich zustehen sollten, hat sich noch niemand gemeldet oder Gedanken gemacht.

Drei Schlaganfälle kündigten in den Jahren 2006 und 2007 an, dass auch mein Vater Harry durch seine Rolle des Übervaters keine Unsterblichkeit erlangt hatte. Zunehmend ging es ihm schlechter und ich hatte mir vorgenommen, gemeinsam mit meinen Eltern alles aus dem Weg zu räumen, was nach seinem oder ihrer beider Tod für Ärger innerhalb der ja doch wuchtigen und von Streitereien nicht ganz freien Kosickbande hätte sorgen können.

„Papa“, saß mein Vater Harry links vor mir auf der Couch. „Mama“, sah ich meine rechts vor mir sitzende Mama Lucia an. „Günther“, sagten sie gleichzeitig, als sei das Gespräch damit bereits beendet. „Vadda, Mudda“, setzte ich erneut an. „Wir wissen ja alle, dass das Leben einmal zu Ende geht.“ Nicht rundum begeistert von meinem Einstieg in das Gespräch, ruckelte ich mich im Sessel zurecht und machte einfach weiter. „Ihr habt vierzehn Kinder und ich hoffe, ihr habt alles so geregelt, dass es hinterher keinen Unfrieden gibt.“

Meine Eltern taten nun etwas, das mir erst später klar wurde. Sie logen mich an. „Wir machen nichts“, ließen sie mich voll auflaufen.

„Gar nichts?“, konnte ich kaum fassen, was ich hörte. Es ging ja nicht um ein Vermögen. Aber um Frieden. Das wollten sie doch sicher. Harry und Lucia nickten.

„Ihr habt vierzehn Kinder“, setzte ich erneut an.„Gar nichts zu machen, ist der größte Fehler. Es ist doch eure Aufgabe, alles sauber zu hinterlassen.“

„Ihr könnt nach uns machen, was ihr wollt“, sagte mein Vater mit augenscheinlich voller Unterstützung meiner Mutter. „Was ihr wollt“, ließ ich mir die Worte auf der Zunge zergehen. Was das bedeutete, hatte mich die lange gemeinsame Zeit mit meinen Geschwistern wahrlich gelehrt. War Frau Generalin Mutter einmal nicht da, und war es auch nur für einen Moment, und wir durften machen, was wir wollen ... behüte mich Gott. Ich sollte recht behalten. Frieden hatte ich säen wollen. Der aber verdorrte, noch bevor mein Vater seine letzten, wahrlich kraftvollen Worte gesprochen hatte. *...Fortsetzung im Buch...*

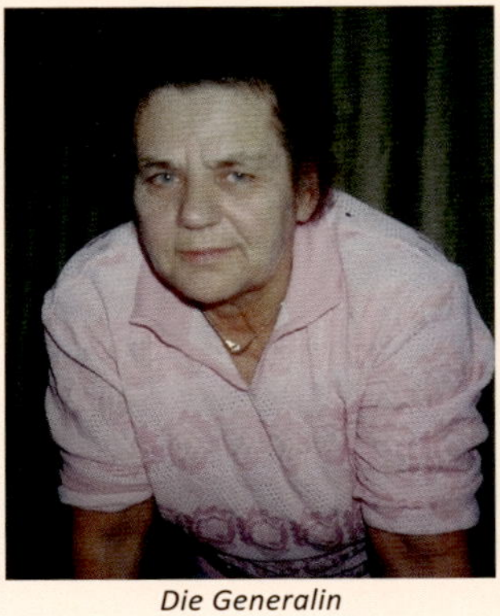

Die Generalin

Gemeinsam waren sie unendlich stark: meine Eltern Lucia und Harry